L.O.L. SURPRISE!™

Novélisation : Catherine Kalengula.
Conception graphique et mise en pages : Claire Kocik.

Hachette Livre, 58, rue Jean-Bleuzen, 92178 Vanves Cedex.

L.O.L. SURPRISE!™

À l'abordage, Captain B.B. !

hachette
JEUNESSE

Captain B.B.

Club Swim

Captain B.B. adore les voyages. Cet été, elle a même proposé à toutes ses amies d'organiser leurs vacances !
Et elle veut que tout soit PARFAIT.

Sailor Q.T.

Club Swim

Sailor Q.T. est l'assistante de Captain B.B. Mais aussi son amie la plus fidèle, même si elle n'ose pas l'avouer !

Captain Kitty

Sailor Puppy

Club Swim

Captain Kitty et Sailor Puppy sont les compagnons de Captain B.B. et de Sailor Q.T. Et ils s'adorent !

SPF Q.T.

Club Swim

Derrière ses lunettes en forme de cœurs, SPF Q.T. est sans doute la plus mignonne des B.B.

Lil SPF Q.T.

Club Swim

Lil SPF Q.T. est la petite sœur de SPF Q.T.
Elle la suivrait partout, même sur une île déserte !

HELLO GOODBYE

Rip Tide

Club Swim

Rip Tide n'est pas du genre à lézarder des heures sur la plage. Avec elle, il faut que ça bouge !

Coconut Q.T.

Club Théâtre

Coconut Q.T. est toujours en vacances. Normal, elle habite sur une île paradisiaque !

Depuis des jours, Captain B.B., du club Swim (autrement dit : « Natation »), court partout. De son téléphone à son ordinateur et de son ordinateur à son téléphone. Organiser les vacances de ses amies, ce n'est pas rien ! Mais c'est elle qui s'est proposée et, comme toujours, elle ne fait pas les choses à moitié. Elle veut que tout soit parfait. Résultat : elle est si occupée qu'elle n'a même plus le temps de coiffer sa jolie vague de cheveux bleus. Terrible !

Heureusement, elle peut compter sur sa fidèle assistante pour l'aider. Celle-ci porte une tenue de matelot, des chaussures à pompon et un chapeau toujours au garde-à-vous. Voici Sailor Q.T., du club Swim !

– Assistante, pourriez-vous m'apporter le dossier de Miss Jive, s'il vous plaît ? lui demande Captain B.B.

– À vos ordres, mon capitaine ! répond Sailor Q.T. en mimant un salut militaire.

Elle fouille dans un placard et s'empresse de rapporter

les documents souhaités. Captain B.B. les feuillette, sourcils froncés.

– Je ne comprends pas, le vol de Miss Jive était pourtant bien à destination de Melbourne, en Australie. Alors pourquoi se retrouve-t-elle à Livourne, en Italie ?

– Elle s'est peut-être trompée d'avion ? suggère doucement son assistante. Ou bien elle a confondu les noms sur les panneaux d'affichage. Je crois que ça lui arrive souvent. Tenez, l'autre jour, elle m'a appelée Trésor Titi…

Captain B.B. écarquille les yeux.

– Mais oui, vous avez raison ! s'écrie-t-elle. Vite, mon téléphone ! Je dois arranger ça de toute urgence. Oh là là, je suis complètement dé-bor-dée !

Quelques coups de fil plus tard, elle réussit à trouver un hôtel pour Miss Jive. Apparemment, passer ses vacances en Italie ne la dérange pas. C'est déjà ça ! Mais aussitôt après, un autre problème se présente. Cette fois, ça concerne

Daring Diva. Bien embêtée, Sailor Q.T. ne sait pas comment en parler à sa cheffe.

– Mon capitaine, on a un souci…

– Quoi encore ? hurle Captain B.B., le nez dans des dossiers.

– Vous savez, Daring Diva avait réservé une cabane isolée au milieu de la jungle, mais…

– Mais quoi ? l'interroge sa patronne, dont le cœur s'affole.

– Il a dû y avoir une erreur, parce qu'elle se retrouve dans une luxueuse villa avec piscine et jacuzzi, raconte Sailor Q.T. Ce qu'elle voulait, c'était partir à l'aventure, vous voyez ? Un peu comme Robinson Crusoé. Pêcher, cueillir des noix de coco. Là, on lui sert tout sur un plateau.

De désespoir, Captain B.B. s'écroule sur sa chaise.

– Je vais craquer ! se lamente-t-elle, avant de se redresser. Bon, bon, du calme. Essayons d'arranger ça. Assistante, veuillez appeler Daring Diva de toute urgence, s'il vous plaît. Oh là là, je suis complètement dé-bor-dée !

– À vos ordres, mon capitaine ! répond Sailor Q.T.

Après une heure de travail et une vingtaine de nouveaux coups de fil, Captain B.B. déniche enfin la cabane dont rêve Daring Diva. La jeune fille pourra pêcher dans la rivière et cueillir toutes les noix de coco qu'elle voudra : elle est ravie ! Pas Captain B.B. Très stressée, elle ne fait même pas attention à Captain Kitty, son adorable chaton. Le pauvre ! Par chance, son meilleur copain est là : le si gentil Sailor Puppy.

– Ces erreurs sont inadmissibles, se reproche-t-elle. Je vais examiner chaque dossier de réservation et tout revérifier. Assistante, veuillez aller me les chercher de toute urgence, merci !

Mais, pour une fois, Sailor Q.T. ne se met pas au garde-à-vous.

Elle reste figée. Trop, c'est trop ! Elle voit bien que sa cheffe est épuisée. Il faut faire quelque chose !

– Plus tard ! rétorque-t-elle, d'un ton autoritaire.

Ni une ni deux, elle attrape Captain B.B. par la main.

– Mais… mais… mais, bredouille celle-ci.

– Il n'y a pas de « mais » ! réplique Sailor Q.T. Vous avez besoin d'une pause *de toute urgence*. Et c'est un ordre !

2 – Un requin trop mignon

Captain B.B. ne comprend pas. Pourquoi Sailor Q.T. veut-elle l'obliger à aller se promener ? C'est de la folie ! Et les dossiers, alors ? Une tonne de travail les attend ! Oh, et si jamais ses amies ont besoin d'elle ? Elle ne sera même pas là pour les aider !

Au secours !

– Je vous remercie vraiment beaucoup pour la sortie, déclare Captain B.B. tandis qu'elles gagnent le port de plaisance. Ça m'a fait du bien de prendre l'air. Maintenant, rentrons. De toute urgence.

Sailor Q.T. secoue la tête.

– *Ta ta ta ta*, refuse-t-elle. Pas avant d'avoir fait une balade en mer.

– Une QUOI ? s'écrie Captain B.B., qui manque

de s'évanouir. Mais on n'a pas le temps pour ça, voyons !

– On va le trouver ! affirme son assistante. L'année dernière, j'ai découvert une petite île déserte où vous allez pouvoir souffler un peu, loin de toute cette agitation.

Lorsque Captain B.B. veut s'éclipser, Sailor Q.T. la rattrape et la pousse dans son canot. Ravis, Sailor Puppy et Captain Kitty bondissent à leur tour. Ils adorent naviguer sur les flots !

En revanche, Captain B.B. fait une drôle de tête. On dirait qu'elle a mangé quelque chose de pas frais ou qu'elle est sur le point d'entrer en éruption volcanique. Ou peut-être les deux à la fois. Sa grimace est un peu effrayante, en tout cas.

– Allez, mon capitaine, ne vous mettez pas en colère, la supplie gentiment Sailor Q.T. C'est pour votre bien que je fais ça.

Avec le temps, elle s'est attachée à Captain B.B. Et elle la considère désormais comme une amie. Mais ça, elle n'ose pas l'avouer… Ah, si tout pouvait être aussi simple qu'entre leurs petits compagnons à quatre pattes !

Pendant que le bateau vogue doucement, Sailor Q.T. tente de discuter.

– J'adore quand le soleil fait briller l'eau comme ça, explique-t-elle. On dirait que quelqu'un a jeté des millions de paillettes dans la mer. Vous ne trouvez pas, mon capitaine ?

– Trouve pas, marmonne Captain B.B., les bras croisés.

Nouvel essai.

– Vous voulez un jus de fruits ? propose Sailor Q.T.

– Pas soif, lâche Captain B.B.

– Si vous avez envie de piquer une tête, j'ai emporté des maillots de bain sirène aussi, ajoute la navigatrice.

– Veux rentrer, bougonne la râleuse.

Au moins, elle ne demande pas à quel moment Sailor Q.T. a pu préparer tout ça. Parce que la jeune fille serait bien embêtée ! En fait, ça fait des mois qu'elle veut inviter Captain B.B. Elle a commandé les maillots exprès, rempli sa glacière de boissons fraîches et de choses à grignoter. Elle attendait juste le bon moment, et aussi de trouver le courage.

Sauf que rien ne se passe comme prévu. Captain B.B. soupire tellement qu'elle va finir par se dégonfler ! Comment réussir à la détendre un peu ? Comment lui faire oublier ses problèmes de réservation ? Une bonne blague, voilà ce qu'il lui faudrait…

Ça y est, Sailor Q.T. a une idée !

– Mon capitaine, regardez ! s'exclame-t-elle en désignant quelque chose à la surface de l'eau. Un requin !

– Quoi ? s'étonne Captain B.B. Reculez, moussaillon, je vais vous protéger !

Soudain, le soi-disant requin montre le bout de son nez. C'est Captain Kitty en maillot sirène ! Sailor Q.T. rigole.

– J'ai bien failli vous croire, vous savez, dit Captain B.B., avant de se pencher sur son chaton. Oh, tu es trop mignon, mon petit requin !

Et enfin, oui enfin, elle esquisse un sourire…

3 Une île pas si déserte

Captain B.B. se remet vite à bouder. À sa tête, Sailor Q.T. devine à quoi elle pense : aux vacances de ses amies, bien sûr ! Comment lui changer les idées ?

Tandis qu'elle réfléchit, elle entend un petit bruit derrière elle. Ça alors, Captain B.B. a sorti son téléphone portable !

– Allô, Miss Jive ? murmure-t-elle tout bas. J'ai bien reçu

ton message… Tu n'arrives pas à trouver ton hôtel, c'est ça ? Il s'appelle *Villa Caparelli*, pas *Villa Qu'apleindelits* ! Je t'envoie le nom par texto, ce sera plus simple, je crois. Et surtout, si tu as besoin d'autre chose, appelle-moi…

Sailor Q.T. ne voit qu'une solution pour l'arrêter. Pendant que sa patronne a le dos tourné, elle plonge brusquement dans l'eau. *PLOUF !* Captain B.B.

se retrouve éclaboussée, tout comme son téléphone.

– Oh, non ! se désole-t-elle. Il est trempé, maintenant !

– Ne vous inquiétez pas, mon capitaine, la rassure Sailor Q.T. Je sais comment le faire sécher : en le plaçant dans un bocal rempli de riz.

– Et moi ? réplique Captain B.B., mécontente. Vous voulez me mettre dans un bocal de riz, moi aussi ?

Sailor Q.T. remonte à bord et brandit les deux maillots

de bain sirène qu'elle a achetés.

– Non, mais on peut se changer !

Voilà ce qui s'appelle faire d'une pierre deux coups. D'abord, elle débarrasse sa patronne de son maudit téléphone. Ensuite, elle l'incite à enfiler un maillot.

Maintenant, direction l’île déserte !

Déserte… ou peut-être pas. Trois filles s’y trouvent déjà. La première a un nœud en cheveux sur la tête et elle s’appelle SPF Q.T., du club Swim. Elle est avec son adorable petite sœur qui porte le même nœud de cheveux (en plus petit). De son côté, la meilleure copine de

SPF Q.T. préfère laisser sa chevelure frisée en liberté. C'est Rip Tide, du même club.

– *Pffft*, qu'est-ce qu'on s'ennuie ! soupire celle-ci.

La bronzette, c'est bien joli, mais ça fait une heure qu'elles sont coincées sur cet îlot ! SPF Q.T. lui avait promis une fête d'enfer pour son anniversaire. Résultat : elles se retrouvent seules, perdues au milieu de l'océan.

Bof, bof.

–J'ai bien invité tous nos amis, je te jure ! se défend SPF Q.T. Sur le carton, j'ai écrit : « Prenez à gauche après le troisième rocher couvert d'algues, puis suivez la grosse mouette blanche. » C'était clair, pourtant ! Je ne comprends vraiment pas.

Rip Tide soulève ses lunettes.

– Euh, tu es sérieuse, là ?

– Ah, ça, oui ! lui jure sa copine.

– D'aaaaccord, commente Rip Tide. Tu sais combien il y a de rochers recouverts d'algues et de mouettes dans l'océan ?

– Mince, je n'avais pas pensé à ça, répond SPF Q.T., embêtée. Je suis tellement désolée… Tu m'en veux ?

Son amie lui sourit.

– Bien sûr que non, la rassure-t-elle. Et puis, on a quand même des invitées.

– Qui ça ? interroge SPF Q.T. en scrutant les alentours.

– Les mouettes ! plaisante sa copine.

Elles rigolent. Juste après, SPF Q.T. aperçoit quelque chose au loin.

– Regarde ! s'écrie-t-elle. Je crois que c'est Coconut Q.T. là-bas !

Des fleurs partout, sur la tête et en collier. Pas de doute, il s'agit bien de leur amie. À bord d'un canot, elle s'approche de l'îlot.

– *Aloha !* les salue-t-elle.

– Comment nous as-tu retrouvées ? s'étonne Rip Tide.

– Fastoche, répond la jeune fille avec un haussement d'épaules. J'ai tourné à gauche après le troisième rocher recouvert d'algues et j'ai suivi la grosse mouette blanche.

Rip Tide la regarde, incrédule… avant d'éclater de rire.

Pendant ce temps, dans le canot de Sailor Q.T., l'ambiance n'est pas à la fête. Au lieu d'aller dans la bonne direction, l'embarcation rebrousse chemin ! La jeune fille se sent désemparée. Tout s'arrangeait si bien ! Captain B.B. avait enfilé son maillot. Elle allait tremper le bout des orteils. Et qui sait ? Peut-être même les pieds entiers !

Maintenant, tout tombe à l'eau…

– Mon capitaine, le courant est trop fort, avoue Sailor Q.T. Il nous ramène vers le port.

Et voilà qu'une grosse larme coule sur sa joue. Captain B.B. ne sait pas quoi faire. Au début, c'est vrai, elle n'était pas très emballée par cette sortie en mer. Disons qu'elle était… carrément furieuse. Mais voir son assistante aussi triste lui fend le cœur.

Elle sait que Sailor Q.T. a fait tout ça pour l'aider. Et, au fond, Captain B.B. la considère comme une amie. Même si elle n'a jamais osé le lui dire.

Mettre des mots sur ses sentiments, c'est si compliqué. Encore plus compliqué que d'organiser le voyage de Miss Jive !

– Sailor Puppy est bien un chien de sauvetage, non ? demande Captain B.B.

– Moui, marmonne la navigatrice en reniflant. Pourquoi ?

– Parce qu'il pourrait nous remorquer jusqu'à l'îlot, répond sa patronne.

Sailor Q.T. n'ose pas y croire.

– Alors vous voulez bien y aller ? Avec moi ?

– Ben, puisqu'on est dans le coin ! répond Captain B.B. Et au moins, après, vous me laisserez tranquille, j'espère ?

– Oh que oui ! jure Sailor Q.T., folle de joie. Allez, à toi de jouer, mon Puppy chéri !

Le chiot plonge aussitôt et attrape la corde entre ses mâchoires. Puis, nageant courageusement avec ses petites pattes, il entraîne le canot à travers les vagues…

Sur l'îlot, Rip Tide, SPF Q.T. et Coconut Q.T. écoutent de la musique en sirotant des boissons fraîches. Ce n'est peut-être pas une fête d'enfer, mais le soleil brille, la mer

est belle, et elles s'amusent entre amies. Que demander de plus ? Bon, peut-être une ou deux invitées supplémentaires… C'est alors que SPF Q.T. croit distinguer quelque chose au loin. Elle ôte ses lunettes pour mieux voir.

– Des sirènes ! s'écrie-t-elle.

Rip Tide pose une main sur son front.

– Toi, tu as pris une bonne insolation. Je t'avais pourtant dit de mettre une casquette. Bon, c'est vrai qu'avec nos cheveux, ce n'est pas évident…

– Mais je te jure que c'est vrai ! insiste son amie. Regarde !

Un canot approche en effet, avec à son bord deux jeunes filles dotées d'une queue de poisson…

Enfin, l'île est en vue. Sauf que trois filles y bronzent déjà ! Sailor Q.T. n'en revient pas. Et dire qu'elle croyait être la seule à connaître cet endroit ! Vraiment pas de chance.

– Euh, il y a du monde, mon capitaine, annonce-t-elle.

Captain B.B. va-t-elle vouloir rentrer au port ? Sûrement ! Elle n'aime pas la foule.

– Allons-y, moussaillon ! lance-t-elle, à la grande surprise de Sailor Q.T. Elles ont l'air sympa. Je pourrais peut-être leur proposer d'organiser leurs vacances ?

Sailor Q.T. grimace.

– Je rigolais ! signale Captain B.B. Eh oui, moi aussi, je peux faire des blagues !

Ouf ! Pendant un instant, Sailor Q.T. a cru qu'elle parlait sérieusement. Il faut dire qu'elle n'avait jamais entendu Captain B.B. plaisanter, auparavant.

Alors qu'elles atteignent l'îlot, l'une des trois filles se présente.

– Bonjour, je m'appelle SPF Q.T., déclare-t-elle. Vous venez de quel monde ?

– Euh, de mon bureau, répond Captain B.B., décontenancée.

– Parce que les sirènes travaillent ? s'étonne SPF Q.T. Vous avez des ordinateurs, aussi ? Oh là là, quelle découverte !

Captain B.B. la regarde d'un drôle d'air, un peu comme si elle avait affaire à une sorte d'extra-terrestre. Heureusement, Sailor Q.T. est là.

– Comment avez-vous trouvé cette île ? demande-t-elle en souriant.

– Facile, on a tourné à gauche après le troisième rocher recouvert d'algues et on a suivi la grosse mouette blanche, indique simplement SPF Q.T.

Devant le regard perplexe de Captain B.B., Rip Tide ajoute :

– On fête mon anniversaire. Vous vous joignez à nous ?

L'invitation est adorable, mais Sailor Q.T. s'attend à un refus de sa patronne. Une sortie en mer, et maintenant une fête. Ça risque de faire un peu beaucoup, là ! Aussi est-elle stupéfaite d'entendre Captain B.B. crier :

– Oh, oui, merci !

Les cinq filles passent un super moment sur l'île. Cependant, le soleil ne tarde pas à baisser, il est bientôt temps de rentrer. Captain B.B. embarque à bord du canot, avec Sailor Q.T. et leurs petits compagnons.

Le courant les ramène doucement vers le port…

– C'était une chouette journée, tu ne trouves pas ? demande soudain Captain B.B.

Sailor Q.T. manque de tomber par-dessus bord. Sa cheffe vient-elle vraiment de la tutoyer ? Ou a-t-elle rêvé ? Le soleil tapait drôlement fort, aujourd'hui.

– Euh, oui, mon capitaine, bredouille-t-elle. Et v… toi ?

– J'ai adoré, confie Captain B.B. Je n'avais pas

trop envie de participer à la petite fête, mais j'ai vu que ça te faisait plaisir, alors j'ai dit oui. J'ai autre chose à te dire aussi. De toute urgence.

Sailor Q.T. s'attend à une instruction en rapport avec le travail, elle ne lui en voudrait pas. Peut-être va-t-elle devoir sécher son téléphone… *de toute urgence* ? Ou bien aller chercher des montagnes de dossiers ?

– Merci d'être mon amie, murmure Captain B.B.

Gênée, elle se met à contempler le coucher de soleil tandis que Sailor Q.T. lui sourit…

Fin

L.O.L. SURPRISE!™

LET'S BE KIND

As-tu lu les premiers tomes ?

Table

PAPIER À BASE DE FIBRES CERTIFIÉES

hachette s'engage pour l'environnement en réduisant l'empreinte carbone de ses livres. Celle de cet exemplaire est de :
250 g éq. CO_2
Rendez-vous sur www.hachette-durable.fr

Photogravure Nord Compo - Villeneuve-d'Ascq

Imprimé par Rotolito Romania en Roumanie
Dépôt légal : août 2020
Achevé d'imprimer : juillet 2020
55.7678.1/01 – ISBN 978-2-01-628846-7
Loi n° 49956 du 16 juillet 1949
sur les publications destinées à la jeunesse